KB197213

글 강정연

2004년 신춘문예에 당선되면서 작가가 되었습니다. 《건방진 도도 군》으로 제13회 황금 도깨비상을, 《분홍 문의 기적》으로 제7회 창원아동문학상을 수상했습니다. 지은 책으로 동화 《바빠가족》, 《콩닥콩닥 짝 바꾸는 날》, 《제로의 비밀 수첩》, 《액체 고양이 라니》, 《슬 플 때는 매운 떡볶이》, 그림책 《길어도 너무 긴》, 동시집 《섭섭한 젓가락》, 《레인보우의 비밀 동시집》, 동시 동화 《그래도, 용기》 등이 있습니다.

그림 차야다

대학에서 디자인을 공부했고 부산국제어린이청소년영화제에서 미술 감독으로 일했습니다. 현재는 항구 도시 부산에서 그림을 가르치며 그래픽 디자이너와 일러스트레이터로 활동하고 있습니다. 쓰고 그린 책으로 《아빠 쉬는 날》, 《공 좀 주워 주세요》, 《끈적맨》, 《발 팬 클럽》 등이 있고, 그린 책으로 《잠자는 숲속의 어린 마녀》, 《만우절 대작전》, 《능청맞은 고양이와 동물 농장》 등이 있습니다.

내 엉덩이는 내가 책임진다

강정연 글 · 차야다 그림

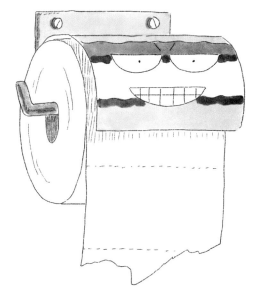

다섯
어린이

우리는 씽씽어린이

초록

난 어렸을 때부터
책을 많이 읽어서 엄청 똑똑해.
어려운 말도 많이 알아.
1학년치곤 수준이 좀 높달까?
궁금한 게 있으면 나한테 물어봐.
약 90퍼센트는 해결될 거야.

쌍둥이

연두

내 꿈은 태권도 국가대표 선수!
이글이글 타오르는 이 빨간 띠 좀 봐.
멋지지? 씽씽 학교 1학년 중엔
내가 가장 힘세고 용감할걸?
힘들고 겁나는 일이 있으면
뭐든 나한테 맡겨!

호준

꼬불꼬불 곱슬곱슬 내 머리카락!
그래서 그런가? 꼬불거리는 음식은
뭐든 다 좋아. 그중에서도 특히 라면!
나는 할머니의 라면 가게를 물려받아
세계 최고 라면 요리사가
될 거야!

포도

이 세상엔 무서운 것도
걱정거리도 슬픈 것도 너무 많아.
난 콧물은 안 흘리는데
툭하면 눈물을 흘려. 하지만
딸기를 생각하면 눈물이 쏙 들어가지.
나는 내 동생 딸기가
정말 좋아!

솔아

나는 예쁜 옷을 입고, 예쁜
그림을 그리고, 예쁜 노래를 부르고,
예쁜 춤을 추는 게 좋아. 하지만
사람들 앞에만 서면 얼굴이 빨개지고
다리가 후들후들 떨려.
어쩌면 좋을까?

"씽씽 학교에서 가장 의젓하고 똑똑한 어린이가 누군가요?"
하고 물으면 다들 이렇게 대답해요.

이런 초록이에게도 말 못 할 고민이 있어요.

그건 바로 학교에서는 절! 대! 로! 똥을 못 눈다는 거예요.

그래서 초록이는 아침마다 집에서 꼭 똥을 누고 가지요.

오늘 아침에도 초록이는 똥을 누느라 힘을 잔뜩 주고 있어요.

하지만 오늘따라 똥이 안 나와요.

변기 위에 한참을 앉아 있었는데, 방귀만 나온단 말이죠.

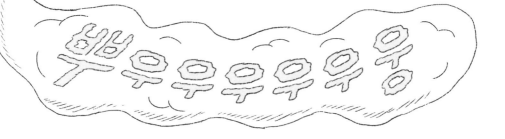

"초록아! 나 먼저 학교 간다!"

연두가 밖에서 소리쳤어요.

초록이는 결국……

처음으로 똥을 못 누고

학교에 갈 수밖에 없었어요.

초록이는 계속 기분이 나빴어요.

배가 빵빵해서 꾹 누르면

방귀가 나올 것 같았거든요.

그러다가 몸놀이 시간에 드디어 올 게 왔어요.

똥이 곧 나올 것 같단 말이에요.

'맙소사! 학교에서 똥을 눌 순 없어!'

초록이는 엉덩이에 힘을 꽉 주고 참아 보았지만······.

초록이의 얼굴은 점점 더 새하얘져요.

눈은 자꾸자꾸 커지고
입은 만두 꼭지처럼 오므려지고요.

그러다가 결국….

번 쩍

선생님,
화장실이요!!!

슝

?

초록이는 번개처럼 빠르게 화다닥,
바지를 내리고 변기 위에 앉았어요.
조금만 늦었어도 끔찍한 일이 일어났겠지만
다행히 초록이는 정말 빨랐어요.

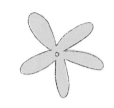

초록이는 시원하게 똥을 누고는 활짝 웃으며 이렇게 말했어요.

그러나 초록이의 행복은 금방 끝났어요.

그다음 해야 할 일이 생각났거든요.

"맙소사!"

그다음 해야 할 일이 뭐겠어요? 닦는 거죠.

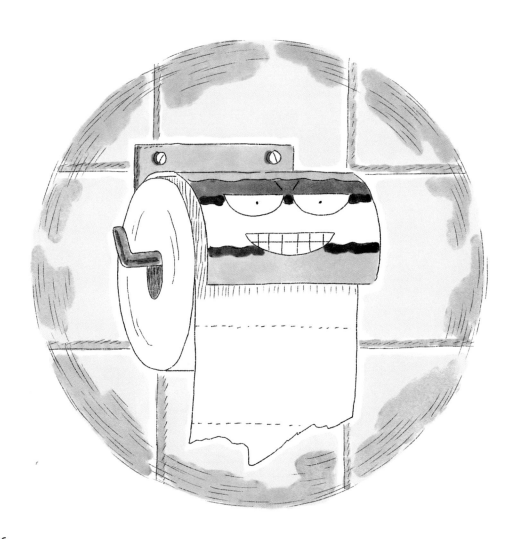

초록이는 고민에 빠졌어요.

늘 똥을 눈 뒤에는 바지를 다 벗고 물로 닦아요.

그래야 완벽하게 개운하거든요.

그런데 학교에서는 그럴 수가 없잖아요.

휴지로 닦아 내는 건 너무 어렵고 찝찝해요.

실수로 손에 묻기라도 하면 어떡해요.

그렇다고 닦지도 않고 옷을 입을 수도

없는 노릇이고요.

바로 그때, 빨간 버튼이 눈앞에 딱 보였어요.
'도와줘요 띵동'을 누를까?

초록이의 손가락이 '도와줘요 떵동' 위로 스르륵 움직였어요.
'선생님께 도와 달라고 하자!'
그러다가 선생님 앞에서 엉덩이를 쑤욱
내미는 모습이 퍼뜩 떠올랐어요.
자기도 모르게 소리를 꽥 질렀지요.

아냐!
절대로 그럴 수 없어!
선생님에게 엉덩이를 보여 주다니!

초록이는 처음으로 연두가 부러웠어요.

연두는 1학년이 되면서 휴지로 스스로 엉덩이를

닦을 수 있게 됐거든요.

물론 열심히 연습했지만요.

하지만 초록이는 연습하지 않았어요.
그냥 집에서 누면 된다고 생각했거든요.
너무 후회스러운 일이에요.

연두는 초록이가 슬슬 걱정되었어요.
화장실에 간 지 시간이 꽤 흘렀으니까요.

연두는 선생님께 허락을 받고 화장실로 얼른 가 봤어요.

"초록아!"

연두는 초록이에게 도움이 필요하다는 생각이 들었어요.

연두는 그제야 초록이의 마음을 조금 알 것 같았어요.

"그럼 어떡할 건데? 너 혼자 닦을 수 있겠어?"

초록이는 잠시 아무 말도 하지 않고 있었어요.

그러다가 또박또박 이렇게 말했어요.

바로 그때, 라푼젤 선생님도 화장실로 따라 들어왔어요.

라푼젤 선생님은 담임 선생님이에요.

(머리가 아주 길어서 다들

라푼젤 선생님이라고 불러요.)

초록이는 아직인가요?

딸 다 안 와서 와 본 거예요.

무슨 일 있나요?

선생님이 도와줄까요?

정지

라푼젤 선생님이 초록이가 있는 화장실 문을
똑똑똑 두드리려 했어요.
그러자 연두가 선생님 앞을 막아서며 말했어요.

선생님, 초록이 엉덩이는
초록이 스스로 책임진대요.
그러니까 기다려 주세요.

라푼젤 선생님 눈이 동그랗게 커졌어요.
"엉덩이를 스스로 책임지겠다고요?"
선생님이 무슨 말인지 알겠다는 얼굴로
고개를 끄덕였어요.

화장실 안이 조용해졌어요.
연두도 선생님도 아무 말도 하지 않고 초록이를 기다렸지요.

딱 5분 뒤!
쏴아, 물 내리는 소리가 나더니
화장실 문이 열리고 초록이가 나왔어요!
이마에 땀이 송골송골 맺힌 초록이는
코끝에 걸려 있는 안경을 쓰윽 올리며 활짝 웃었어요.
바지도 아주 단정히 입고 있었죠.

라푼젤 선생님은 초록이를 와락 껴안았어요.

"스스로 하려는 모습이 정말 멋있어요. 감동적이에요."

라푼젤 선생님은 눈물까지 글썽였어요.

초록이는 당당하게 화장실 문을 나와서 교실로 향했어요.

그런데…….

앗! 초록이 엉덩이에 달린 저 휴지!

아마도 바지를 입을 때 휴지가 끼었나 봐요.

"초록아! 너 엉덩이에……."

선생님이 말하려는데, 연두가 얼른 뒤따라갔어요.

초록이의 '휴지 꼬리'를 슬쩍 떼어 뒤로 감췄지요.

한껏 신난 초록이의 기분을 망치고 싶지 않았으니까요.

물론 선생님도 비밀을 지키기로 했고요.

그러니까 여러분도 쉿!

하
하
하
하

연두의 앞니가 흔들리고 있어요.

손가락으로 누르면 쑥 들어갈 정도로 덜렁덜렁해요.

이번에 이가 빠지면 벌써 세 번째예요.

흔들리는 이 때문에 누가 말을 걸어도,
놀자고 해도 잘 들리지가 않아요.
연두는 그냥 입을 꾹 다물고 자리에 앉아
흔들리는 이에 집중할 뿐이에요.
혀로 이리저리 밀면 금방이라도 빠질 것 같은데
그게 잘 안 돼요.

연두 주위로 친구들이 모여들었어요.
연두는 대답 대신 입을 크게 벌려
이를 보여 주었어요.

"으악! 이가 빠지려고 해! 치과에 가야지!"

포도가 놀라서 눈이 동그래졌어요.

"난 치과에 안 가기로 결심했어."

연두는 이렇게 말하고는 다시 입을 꾹 다물었어요.

"왜? 너도 치과가 무서워?"

포도가 물었지요.

태권도 빨간 띠가 치과를 무서워할 리가 있냐.

연두는 잠시 뒤 이렇게 대답했어요.
"이게 다 코털 때문이야!"

연두가 두 번째 이를 빼러 치과에 갔을 때였어요.
치과 의자에 누워 있는데 의사 선생님이 다가왔어요.

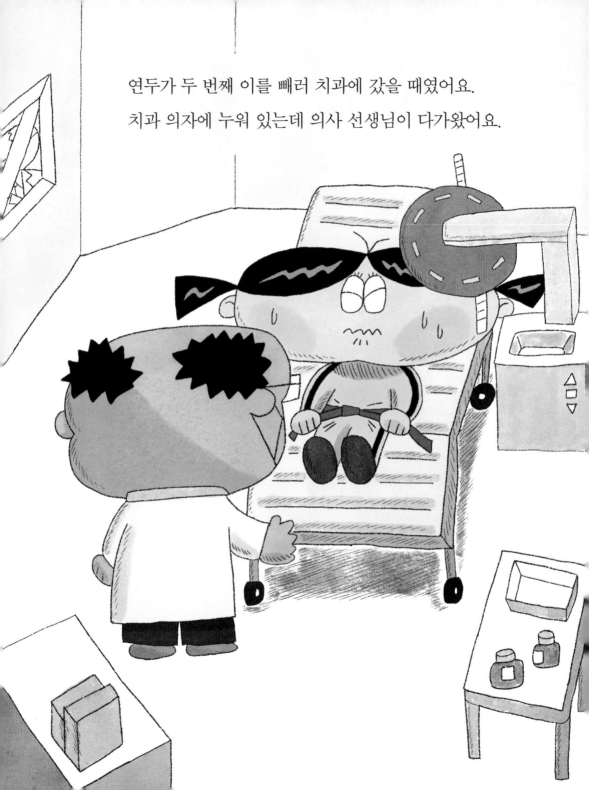

그런데 의사 선생님의 기다란 코털이

콧바람에 살랑살랑 흔들리는 거예요!

연두는 코털이 너무 웃겨서 웃음을 참기가 어려웠어요.

"왜 그러지요?"

의사 선생님이 물었지만 아무 대답도 할 수 없었어요.

코털 때문이라고 말해 버리면

의사 선생님이 엄청 창피할 테니까요.

그래도 자꾸 웃음이 새어 나오는 바람에

이를 아주 힘들게 뺐어요.

이를 힘들게 빼니까 너무 아팠어요.

그러고도 계속 코털 생각이 나서

나중엔 좀 괴로울 지경이었어요.

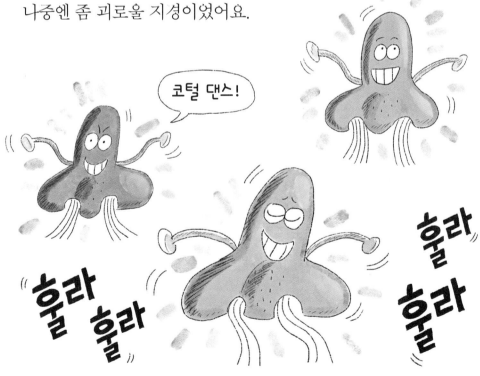

코털 댄스!

훌라 훌라

훌라 훌라

그래서 세 번째 이는 스스로 빼겠다고 결심한 거예요.

"나라도 그렇게 긴 코털을 봤다면 그랬을 거야."

호준이가 심각한 얼굴로 고개를 끄덕였어요.

"치과에 안 가면 그럼 어떻게 빼?"
포도가 걱정이 가득한 얼굴로 또 물었어요.
"혀로 이렇게 계속 밀다 보면 빠지지 않을까?"
연두가 혀로 이를 쭉 밀어내자
포도와 솔아가 얼굴을 잔뜩 찌푸렸어요.

호준이는 한껏 으스대며 말했어요.

"혀보다는 손으로 빼는 게 빠르지.

나는 사과 따듯이 내 앞니를 똑! 땄어."

"정말? 사과 따듯이 똑?"

"와! 대단하다!"

연두는 사과 따듯이 이를 따는 모습을 상상해 보았어요.

"아무래도 손으로 빼는 건 안 되겠어."
연두는 고개를 절레절레 흔들었어요.
너무 아프고 피도 많이 날 것 같았거든요.

이번엔 솔아가 말했어요.

"나는 지난번에 아빠가 이를 실로 묶어서 빼 줬어."

"실을 확 잡아당겨서?"

"응. 우리 아빠는 어렸을 때

이 묶은 실을 문손잡이에 걸어 놨대."

"문손잡이에 실을?"

"응. 누가 문을 열면 이가 쑥 빠지는 거야."

"진짜?"

"와!"

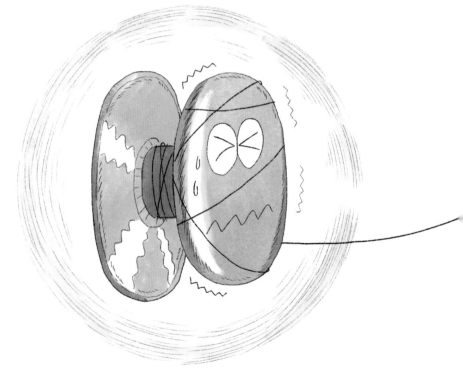

연두는 이번엔 실로 이를 빼는 모습을 상상했어요.

"아무래도 실로 빼는 건 안 되겠어."
연두는 온몸을 바르르 떨었어요.
이는 빠지지 않고 엄청 아프기만 할 것 같았거든요.

"이번엔 내 생각을 말해도 될까?"
초록이가 점잖게 나섰어요.
"치과 의사 선생님께 솔직히
말씀드리는 게 나을 것 같아.
코털에 대해서."

"맞아. 그럼 치과 선생님이 코털을 깎으실 거야."

"그럼 웃기지도 않을 거고."

"그럼 이도 안 아프게 뺄 수 있겠네."

다들 초록이의 생각이 가장 좋다고 생각했어요.

어떻게 이를 뺄지 연두의 고민이 깊어졌어요.

골똘히 생각할 땐 달콤한 걸 먹어야 하죠.

연두는 주머니에서 마이쮸 하나를 꺼내 입에 넣었어요.

친구들에게도 하나씩 나눠 주었고요.

"흠…… 이를 어떻게 빼는 게 좋을까……."

연두는 오물오물 마이쮸를 먹으며 생각하다가…….

연두는 입안의 마이쭈를 손에 뱉었어요.

그러고는 마이쭈에 붙어 있는 이를 자랑스럽게 들어 올렸어요.

"대단해! 마이쭈로 이를 빼다니!"

친구들이 놀라 소리쳤어요.

일주일 뒤, 포도는 깍두기를 먹다가 앞니가 빠졌어요.

초록이는 흔들리는 이를 손으로 잡고 있다가

호준이가 뒤에서 깜짝 놀라게 하는 바람에 앞니가 빠졌고요.

연두 마이쮸로 뺀 이

호준 사과처럼 뚝 딴 이

솔아 실로 뺀 이

포도 깍두기 먹다 뺀 이

이제 씽씽 어린이들에게 '이 빼는 법'을 물으면
다섯 가지도 넘게 말할 수 있답니다.

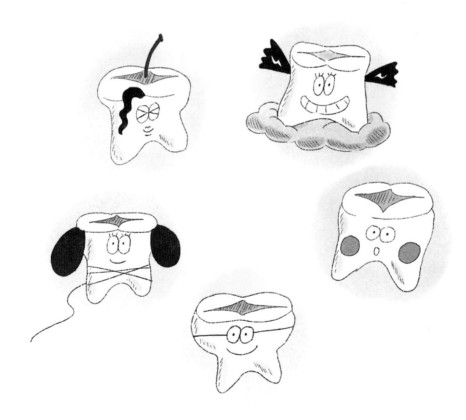

숨은 이야기

무시무시한
빨간 띠

연두가 처음으로 빨간 띠를 매고
학교 가는 길.

쿵

아야!

야! 꼬맹이! 잘 좀 보고 다녀라!

어. 어…
미…안….

잠깐! 누가 꼬맹이야?
까불지 마라! 나 빨간 띠다!

이날부터 연두와 빨간 띠는 한 몸이 되었지.

씽씽 어린이 ❶
내 엉덩이는 내가 책임진다

초판 1쇄 인쇄 2025년 1월 22일
초판 1쇄 발행 2025년 2월 12일

글쓴이 강정연
그린이 차야다

펴낸이 김선식
펴낸곳 다산북스

부사장 김은영
어린이사업부총괄이사 이유남
책임편집 한유경 **디자인** 남희정 **책임마케터** 최다은
어린이콘텐츠사업3팀장 한유경 **어린이콘텐츠사업3팀** 남희정 고지숙 이효진 전지애
어린이마케팅본부장 최민용 **어린이마케팅2팀** 최다은 신지수 심가윤 **기획마케팅팀** 류승은 박상준
편집관리팀 조세현 김호주 백설희 **저작권팀** 성민경 이슬 윤제희
재무관리팀 하미선 임혜정 이슬기 김주영 오지수
인사총무팀 강미숙 이정환 김혜진 황종원
제작관리팀 이소현 김소영 김진경 최완규 이지우
물류관리팀 김형기 김선진 주정훈 양문현 채원석 박재연 이준희 이민운

출판등록 2005년 12월 23일 제313-2005-00277호
주소 경기도 파주시 회동길 490 **전화** 02-704-1724 **팩스** 02-703-2219
다산어린이 카페 cafe.naver.com/dasankids **다산어린이 블로그** blog.naver.com/stdasan
종이 스마일몬스터 **인쇄** 북토리 **후가공** 제이오엘앤피 **제본** 대원바인더리

ISBN 979-11-306-6325-8 73810

• 책값은 뒤표지에 있습니다.
• 파본은 본사 또는 구입한 서점에서 교환해 드립니다.
• KC마크는 이 제품이 공통안전기준에 적합하였음을 의미합니다.
• 아이들이 책을 입에 대거나 모서리에 다치지 않게 주의하세요.
• 이 책은 저작권법에 의하여 보호를 받는 저작물이므로 무단 전재와 복제를 금합니다.